بسم الله الرحمن الرحيم

Au Nom d'Allah le Tout Miséricordieux, le Très Miséricordieux

LES ANGES

Quatrième édition revue et corigée

Recueilli par Fdal HAJA

Traduit par Mohamed BENHAMZA

Universel

EDITIONS UNIVERSEL

8, Rue Jacques Kablé

75018 PARIS

ISBN 2-911546-01-6

INTRODUCTION

Ibn Qayim El Jawzyya (que Dieu ait son âme), dans son livre « Ighatou el Lahfan » (L'aide à l'assoiffé). Il existe trois types d'actions. L'action est divisée en trois parties :

- volontaire,
- instinctive,
- imposée.

Dans l'action volontaire, l'auteur est conscient de l'acte, donc, c'est une action intentionnelle. S'il n'est pas conscient de ses faits et gestes, n'étant pas conscient de ce qu'il fait, ou n'étant pas pour, c'est une action soit selon sa nature ou le contraire. La première est instinctive, la seconde imposée.

Il s'est avéré, que l'on peut dire que si le début de l'acte, est flagrant pour l'auteur, qu'une force le lui impose, c'est une action imposée, s'il en est conscient , l'action est volontaire, et s'il ne l'est pas elle est naturelle.

Dans l'action, interviennent des sentiments innés, la volonté délibérée, ou s'il n'existe pas les deux phénomènes, elle résulte de l'acteur : c'est naturel. Si on la lui impose de force, on parle d'action imposée.

L'action dans les cieux où sur la terre, l'action des planètes, des astres, du soleil, de la lune, des vents, des nuages, des plantes, des animaux, toutes dépendent des Anges responsables des cieux et de la terre. Comme dit Dieu (qu'Il soit glorifié) : ﴾ ***Par ceux qui préconçoivent la marche de ce monde.*** ﴿ (S. 79, V. 5)

﴾ ***Par les Anges qui répartissent les biens selon un ordre reçu !*** ﴿ (S. 51,V. 4)

Pour les croyants, et les partisans des Prophètes, ce sont les Anges. Ceux qui ne croient pas aux Prophètes, et nient l'existence divine, disent que ce sont les astres, ou généralement la nature.

D'après le Coran et les Hadith, il y a différentes sortes d'Anges, et chacune est responsable de chaque catégorie de créatures. Dieu (qu'Il soit exalté) leurs donné pour mission la responsabilité des montagnes. Les nuages et la pluie sont également sous la responsabilité des Anges. Le soleil et la lune sont également sous la responsabilité d'une certaine catégorie d'Anges. Les planètes sont gérées par des Anges, qui les meuvent. Certains Anges sont responsables de la rencontre du spermatozoïde et de l'ovule, jusqu'à la création du bébé. Et d'autres Anges se chargent de la protection de chaque être humain : ce sont les Anges gardiens. D'autres encore sont chargés de noter chaque action et de tenir sa comptabilité. Pour la Mort, il y a une catégorie d'Anges. Dans la tombe, une classe d'Anges joue le rôle d'inquisiteur. Le feu de la Géhenne est entretenu, par les gens qui lui sont destinés, ils sont sous la responsabilité des Anges de l'Enfer. Le Paradis, son aménagement, les fleuves qui y coulent, ses plantations, ce sont encore des Anges qui s'en occupent.

LES ANGES SONT LA PLUS GRANDE COHORTE DE DIEU

Dieu (qu'Il soit magnifié) dit :

﴿ ***- Par ceux qu'on déchaîne les uns à la suite des autres.***
- Par ceux qui soufflent en tempête féroce.
- Par ceux qui étendent d'une façon manifeste.
- Par ceux qui séparent distinctement.
- Par ceux qui émettent un rappel.
- Soit pour enlever toute excuse (aux Injustes), soit pour les mettre en garde. ﴾ (S. 77, V. 1 à 6)

Dieu (qu'Il soit glorifié) dit :

﴿ ***- Par ceux qui courent à une vitesse extrême.***
- Par ceux qui se déplacent d'un secteur à l'autre du firmament.
- Par ceux qui voguent avec aisance.
- Par ceux qui arrivent toujours les premiers.
- Par ceux qui préconçoivent la marche de ce monde.
- Le jour où la terre tremblera au premier son du clairon... ﴾ (S. 79, V. 1 à 6)

Dieu (qu'Il soit exalté) dit :

﴾ ***- Par ceux qui planent en rangs.***
- Par ceux qui éloignent avec force les démons qui viennent espionner le ciel ou par ceux qui repoussent les gens loin des choses interdites.
- Par ceux qui récitent le Coran.
- Votre Dieu est assurément un seul et unique. ﴿
(S. 37, V. 1 à 4)

Parmi eux il y a des Anges de la Miséricorde et ceux du châtiment; D'autres sont responsables du transport du trône. D'autres encore séjournent dans les cieux pour la prosternation, l'invocation et la glorification de Dieu. Le nombre des Anges n'est connu que de Dieu l'Unique.

La signification du terme Ange, montre qu'il s'agit d'un envoyé exécuteur aux ordres d'une autre entité.

Il n'a aucun pouvoir, et ne désobéit à aucun ordre provenant de Dieu le Tout-Puissant.

﴾ ***- Ils ne prennent jamais la parole avant Lui et n'agissent que sur Son ordre. - Il sait ce qu'il y a devant eux et ce qu'il y a derrière leurs actions passées et leur avenir. Ils n'intercèdent qu'en Faveur de ceux qu'Il a agréés. Ils ont tellement peur de Lui qu'ils sont pleins de crainte et de commisération pour eux-mêmes.*** ﴿ (S. 21, V. 27 - 28)

﴾ ***- Ils craignent leur Seigneur et Maître d'au-dessus d'eux et ils font ce qu'on leur ordonne de faire.*** ﴿
(S. 16, V. 50)

﴾ ***Ô vous qui avez cru! Mettez-vous, vous et les vôtres, à l'abri d'un Feu ayant pour combustible les Humains et la pierraille. Il est régi par des Anges rudes et faisant tout ce qu'on leur ordonne.*** ﴿ (S. 66, V. 6)

Ils ne descendent que par Ses ordres, Ils n'exécutent rien sans la permission de Dieu. : ﴾ ***- Ils ne prennent jamais la parole avant Lui et n'agissent que sur Son ordre.*** ﴿ (S. 21, V. 27)

Parmi eux, il existe les Anges qui prient et les invocateurs. Chacun ses limites, les respectant scrupuleusement, exécutant l'ordre totalement sans faillir et sans le dépasser les ordres de Dieu le Miséricordieux : ﴾ ***- C'est à Lui qu'appartiennent ceux qui sont dans les cieux et sur la terre et ceux qui sont auprès de Lui (les Anges) ne se sentent nullement trop grands pour L'adorer et n'en éprouvent ni ennui ni lassitude. - Ils proclament Sa gloire et Sa pureté la nuit et le jour, sans arrêt.*** ﴿ (S. 21, V. 19-20)

Leurs chefs suprêmes sont au nombre de trois : Gabriel, Mikaël et Israfil.

Le Prophète ﷺ dit : « *O mon Dieu ! Dieu de Gabriel, de Mikaël et d'Israfil, Créateur des cieux et de la terre, l'Omniscient, Tu décides entre Tes créatures dans ce qu'ils différent, guide-moi dans ce qu'il y a de plus véridique par Ta permission, Tu guides qui Tu veux dans le droit chemin* ».

NÉCESSITÉ DE CROIRE A L'EXISTENCE DES ANGES

Les Anges sont des créatures de Dieu, qui ne peuvent être vues, que par ceux que Dieu choisit à cet effet. Ce sont des créatures bénies de Dieu, créées de lumière, comme en témoigne les versets du Coran et des Hadith du Prophète (que la Bénédiction et le Salut de Dieu soient sur lui). Ils sont chargés par Dieu d'accomplir certaines tâches bien déterminées. Parmi eux, il y a ceux qui sont préférés de Dieu, tels Gabriel, Mikaël, Israfil et l'Ange de la Mort, alors que d'autres occupent un rang moins important. Tout Croyant se doit de croire en l'existence des Anges, des Génies et des démons ainsi qu'aux mondes invisibles.

Croire à l'existence des Anges est l'un des fondements de la foi en Islam. C'est un devoir pour tout musulman, et tout manquement constitue une désobéissance aux Ordres divins. Ainsi, Dieu Le Très-Haut dit : ﴾ ***... Celui qui renie Dieu, Ses Anges, Ses Livres, Ses Messagers et le Jour du Jugement Dernier s'est effectivement fourvoyé dans une lointaine errance.*** ﴿ (S. 4, V. 136)

Puisque les Anges sont les émissaires que Dieu adresse à Ses Messagers et à Ses Prophètes afin de leur transmettre la Révélation, la foi en leur existence doit venir avant celle des Livres Révélés, comme le précisent le Coran et les Hadiths. A ce propos, `Omar (que Dieu soit satisfait de lui) rapporte que le Messager de Dieu (salut et bénédiction sur lui) a dit: *«... que tu croies en l'existence de Dieu, de Ses Anges, de Ses Livres, de Ses Messagers, du Jour du Jugement Dernier, de la destinée bonne ou mauvaise.»*

Dieu dit également: ﴿ ***L'obéissance à Dieu et la bienfaisance ne consistent pas à se tourner en direction de l'est ou de l'ouest, mais ce sont le fait de celui qui a cru à Dieu, au Jour Dernier, aux Anges, au Livre et aux Prophètes...*** ﴾ (S. 2, V. 177)

Ainsi que : ﴿ ***Le Messager a cru en ce qui lui a été descendu de la part de Son seigneur, ainsi que les Croyants. Tous ont cru en Dieu, à Ses Anges, à Ses Livres et à Ses Messagers. Nous ne faisons aucune différence entre aucun de Ses Messagers...*** ﴾ (S. 2, V. 285)

Ibn Qayim El Jawzyya dit à ce sujet : «Tout ce qui se passe dans le monde, qu'il soit visible ou invisible est le fait des Anges agissant sous les ordres de Dieu. Il affirme que ce sont des intermédiaires chargés de missions bien définies. Ainsi, certains sont chargés du soleil, de la lune, des étoiles et des astres, d'autres s'occupent de la pluie, des nuages, d'autres encore des plantes, d'autres des animaux, d'autres de la mort, un groupe est chargé des montagnes, un autre des êtres humains afin de recenser leurs actions, alors qu'un autre groupe a pour charge de noter les bonnes et mauvaises actions, un dernier groupe est chargé de la Révélation, pour ne citer que quelques exemples. Il affirme enfin que toutes ces créatures se caractérisent par leur beauté, leur force et leur totale soumission à Dieu.»

Al Bayhaqi, pour sa part, attribue la foi en les Anges à trois conditions :

1. Croire à leur existence,

2. Leur accorder la considération qu'ils méritent et être convaincu que ce sont des créatures de Dieu, tout comme les êtres humains, les Djins et les démons, créatures chargées de tâches définies, n'ayant d'autres pouvoirs que ceux que Dieu leur a accordés. Ils peuvent connaître la mort, mais Dieu leur a accordé une vie beaucoup plus longue que la nôtre, ce qui fait qu'on ne peut, avec nos limites étroites, réellement parler de mort, mais plutôt d'éternité, mais leur tour viendra où ils mourront également. De même, on ne doit pas leur attribuer des qualités qui risquent d'en faire des divinités ou les associer à Dieu, comme avaient tendance à faire les gens des ères précédentes.

3. Reconnaître que parmi les Anges existent des émissaires que Dieu envoie à ceux qu'Il désigne, que ce soit parmi les humains ou entre les Anges eux-mêmes. Par conséquent, on doit reconnaître que chaque catégorie d'Anges est chargée d'une responsabilité bien précise : celle du Trône divin, celle du Paradis, celle de l'Enfer, ou encore celle d'enregistrer par écrit toutes nos actions bonnes ou mauvaises, celle des nuages, etc..., comme en témoigne le Coran.

Quant à ceux qui prétendent ne croire qu'à ce qui est visible et concret, il est facile de démonter leur argumentation en leur rappelant qu'ils sont incapables de voir leur intelligence, et pourtant ils y croient. De même, ils ne peuvent voir l'air qu'ils respirent, grâce auquel ils vivent.

Dans ce sens, Abou Bakr Al Jazairi affirme :

1. L'intelligence ne nie ni ne rend impossible l'existence des Anges, puisque cette même intelligence ne nie que ce dont l'inexistence est prouvée par son contraire comme c'est le cas pour le jour et la nuit qui existent.

2. S'il est reconnu sans aucun doute par tous les sages qu'une empreinte est une preuve de l'existence d'une chose, on peut affirmer que nombreux sont les indices qui affirment et prouvent l'existence des Anges. On peut citer, entre autres, la Révélation faite à tous les Messagers et les Envoyés par l'Ange Gabriel, qui avait pour mission la transmission des Messages divins. C'est là une preuve indéniable de l'existence des Anges.

3. Le fait que l'on ne puisse pas voir une chose à cause de la faiblesse de la vue ou par manque de préparation ne conteste pas l'existence de cette chose. Etant donné que de nombreuses notions matérielles, qui ne pouvaient par le passé être perçues par l'oeil sont actuellement visibles grâce à des microscopes ou à des télescopes.

DE QUOI SONT FAITS LES ANGES

Dans le Sahih de Mouslim, il est rapporté que `Aïcha (que Dieu soit satisfait d'elle) affirme que le Messager de Dieu (que la Bénédiction et le Salut de Dieu soient sur lui) a dit : «*Les Anges sont faits de lumière, les démons sont faits de feu et Adam est issu de ce qui vous a été décrit.*»

Néanmoins, le Prophète (que la Bénédiction et le Salut de Dieu soient sur lui) ne nous a pas fourni de précisions sur la nature de cette lumière dont sont faits les corps des Anges. Nous savons pourtant que ce sont des créatures purifiées de tous les désirs et dépourvues de tentations.

Pendant l'ère antéislamique, les gens avaient coutume de dire que les Anges étaient de sexe féminin. A l'avènement de l'Islam, le Coran est venu rectifier ces revendications en qualifiant les Anges de «Créatures du très miséricordieux». Aucun sexe ne leur a été attribué. Dieu dit en effet à ce sujet: ﴿ ***Ils ont fait des Anges (qui sont des Serviteurs du Très Miséricordieux) des êtres du sexe féminin ! Ont-ils donc été témoins de leur création ? Leur témoignage sera alors écrit et ils auront à en répondre.*** ﴾ (S. 43, V. 19)

Il est du devoir de tout Musulman de s'arrêter à ce point de la description et de ne pas s'aventurer dans ce qu'il ignore.

Quant à la morphologie des Anges, elle est très différente de celles des êtres humains, des génies ou des animaux. Lorsque le Messager de Dieu (que la Bénédiction et le Salut de Dieu soient sur lui) était à taif, l'Ange Gabriel, l'un des Anges chargés des montagnes, est apparu pour lui demander s'il voulait qu'il écrase la population entre les deux montagnes entourant la ville, sachant que le volume d'une montagne est colossal. De nombreux autres récits dans le Coran font état de phénomènes semblables. Dieu dit en effet : ﴿ ***O vous qui avez cru ! Mettez-vous, vous et les vôtres, à l'abri d'un feu ayant pour combustible les Humains et la pierraille. Il est régi par des Anges rudes et sévères ne désobéissant à aucun ordre de Dieu et faisant tout ce qu'on leur ordonne.*** ﴾ (S. 49, V. 6)

Ce qui signifie que leur aspect est effrayant et que de leur coeur a été ôtée toute compassion envers ceux qui ont mécru. Il s'agit là des Anges, qui régissent l'Enfer, chargés du châtiment. L'Imam Ahmed rapporte que `Abdallah Ibn Messaoud a dit : *«L'Ange Gabriel est apparu au Messager de Dieu (que la Bénédiction et le Salut de Dieu soient sur lui) avec six cent ailes dont chacune couvrait tout l'horizon et dont retombaient des rubis et des perles aux couleurs d'arc-en-ciel.»*

Mouslim, pour sa part, rapporte que l'Ange Gabriel est apparu au Prophète (que la Bénédiction et le Salut de Dieu soient sur lui) dans une parure verte, emplissant tout l'espace compris entre le ciel et la terre. Il apparaît ainsi que les Anges ont des ailes. Certains en ont deux, alors que d'autres en possèdent plusieurs. A ce sujet, Dieu Le Très-Haut dit: ﴾ ***La louange est à Dieu, Créateur des cieux et de la terre et Qui a fait des Anges des messagers pourvus d'ailes doubles, triples ou quadruples. Il ajoute à la création ce qu'Il veut. Dieu est parfaitement capable de toute chose.*** ﴿ (S. 35, V. 1)

Abou Houreira (que Dieu soit satisfait de lui), rapporte, quant à lui, que le Prophète (que la Bénédiction et le Salut de Dieu soient sur lui) a dit: *«Dieu a des Anges qui cherchent à travers le monde les gens de bien. Quand ils trouvent des Croyants invoquant Dieu, ils s'interpellent : «Vaquez à vos affaires» et alors ils protègent ces personnes de leurs ailes jusqu'au ciel.»*

`Aïcha (que Dieu soit satisfait d'elle) ajoute aussi que le Messager de Dieu (que la Bénédiction et le Salut de Dieu soient sur lui) a vu l'Ange Gabriel deux fois sous la même apparence, il avait six cents ailes qui empêchaient de voir l'horizon. Il l'a vu une première fois lors de son ascension vers le Ciel, au point le plus élevé, et la seconde, à l'endroit le plus bas de La Mecque, appelé *«ajyad»*.

CARACTÉRISTIQUES DES ANGES

Dieu a accordé aux Anges des apparences dans la perfection de la beauté en signe de la considération qu'Il leur témoigne. Ainsi, le Coran décrit l'Ange Gabriel comme suit : ﴿ ***Il a été instruit par l'Ange*** (Gabriel) ***aux forces puissantes.***

- ***Et au jugement solide*** (solide comme une corde fermement tressée). ***C'est alors qu'il se montra sous son image réelle*** (angélique). ﴾ (S. 53, V. 5-6)

Les gens ont l'habitude d'attribuer à Satan une apparence hideuse, alors qu'ils comparent une belle personne à un «Ange», comme ce fut le cas lorsque des femmes virent Joseph : ﴿ ***Lorsqu'elles le virent, elles eurent pour lui un grand sentiment d'admiration et de respect et elles s'en coupèrent les mains. Elles dirent: «Loin de Dieu que ce soit là un humain! Ce ne peut être en effet qu'un noble Ange.»*** ﴾ (S. 12, V. 31)

De même Dahia Ibn Khalifa fils de Fourra Al Kalbi était réputé pour sa grande beauté. Le Messager de Dieu (que la Bénédiction et le Salut de Dieu soient sur lui) faisait un rapprochement entre le portrait de dahia et celui de l'Ange Gabriel afin de rendre plus concrète l'image aux yeux des Croyants.

A ce sujet, l'Imam Mouslim rapporte dans son Sahih que Jabir a affirmé que le Prophète (que la Bénédiction et le Salut de Dieu soient sur lui) a dit : «*Les Messagers me sont apparus et j'ai vu Moïse comme si c'était un des hommes de la tribu de Chanoua, et j'ai vu Jésus-fils-de-marie, il m'est apparu comme Orwa Ibn Messaoud. J'ai vu Abraham (que les prières de Dieu soient sur lui), il m'est apparu comme votre compagnon (il se désigna, ainsi lui-même), et l'Ange Gabriel (que le salut de Dieu soit sur lui) m'est apparu sous l'aspect de Dahia.*» Rapporté par Ahmed et Mouslim.

Ainsi, l'on comprendra cette faculté donnée par Dieu à l'Ange Gabriel qui peut apparaître sous plusieurs aspects différents.

QUALITÉS MORALES DES ANGES

Les Anges sont des créatures dévouées, généreuses et nobles. Leurs qualités, comme leurs actes, reflètent cette noblesse et la pureté de leurs âmes, ce qui fait d'eux des créatures pudiques, ainsi que le montre ce Hadith rapporté par `Aïcha (que Dieu soit satisfait d'elle) qui affirme qu'un jour, alors que le Prophète (que la Bénédiction et le Salut de Dieu soient sur lui) était allongé chez elle, avec les jambes ou les mollets découverts, Abou Bakr demanda la permission d'entrer et le Prophète (que la Bénédiction et le Salut de Dieu soient sur lui) lui permit d'entrer tout en gardant sa position, puis ils discutèrent. Ce fut ensuite au tour de `Omar Ibn Al Khattab de demander la permission d'entrer pour parler au Messager de Dieu (que la Bénédiction et le Salut de Dieu soient sur lui), ce qui fut fait sans que le Prophète change de position. Puis arriva `Othman Ibn `Affan, à ce moment là, le Prophète (que la Bénédiction et le Salut de Dieu soient sur lui) se releva et recouvrit ses jambes, puis autorisa son visiteur à rentrer. Quand il fut parti, `Aïcha demanda : *«Abou Bakr est entré sans que tu* *changes de position, puis `Omar est entré sans que tu changes de position, ensuite `Othman est arrivé et à ce moment-là tu as arrangé tes vêtements sur toi*. Il répondit : «*Comment ne pas me montrer décent devant une personne face à qui les Anges sont pudiques ?*» Rapporté par Mouslim.

CAPACITÉ DES ANGES DE SE MÉTAMORPHOSER

Dieu a accordé aux Anges la faculté de se métamorphoser afin d'apparaître sous plusieurs aspects en fonction de la mission dont ils sont chargés; telle la guerre, la destruction ou la révélation des Messages divins, ou d'autres tâches encore.

C'est ainsi que deux Anges sont apparus à loth sous l'apparence de deux jeunes gens d'une grande beauté en vue de constituer une preuve contre le peuple de loth qui vivait à Sodome, afin que le châtiment qu'ils allaient recevoir ne soit pas vu comme une injustice. Le Coran dit en effet : ﴿ ***Lorsque Nos Messagers (les Anges) vinrent à Loth, il en ressentit une grande gêne et ne sut vraiment où les mettre. Il dit «C'est là une journée bien difficile.»***

Son peuple arriva vers lui en courant; or ils faisaient auparavant les mauvaises choses. Il dit : «O mon peuple ! Mes filles que voilà sont plus pures pour vous. Craignez donc Dieu et ne me couvrez point d'opprobre à propos de mes hôtes. N'y a-t-il donc pas parmi vous un seul homme raisonnable?» ﴾ (S. 11, V. 77-78)

De même, les Anges sont apparus à Abraham (que le Salut de Dieu soit sur lui) sous un aspect humain. Ne les ayant pas reconnus, il voulut leur réserver un bon accueil et leur offrit de la nourriture à laquelle ils ne touchèrent point, puis ils lui révélèrent leur véritable nature. Dieu dit à ce sujet:

﴾ ***-T'est-il parvenu le récit des honorables hôtes d'Abraham?***

- Quand ils le surprirent chez lui et dirent: «Paix et salut!» Il dit: «Paix et salut! Gens inconnus de nous.»

- Il se retira discrètement parmi les siens pour apporter un veau gras. - Il le leur avança et dit: « Ne mangez-vous donc pas?»

- Il en ressentit de la peur et ils dirent: «N'aie crainte!» Ils lui annoncèrent l'heureuse naissance prochaine d'un garçon très savant. ﴿ (S. 51, V. 24 à 29)

De même, l'Ange Gabriel s'est présenté à Marie la fille de `Imrane sous une apparence humaine. Dieu Le Très-Haut dit à ce sujet:

﴾ ***- Cite dans le Livre (Le Coran) Marie lorsqu'elle se retira loin de sa famille dans un endroit à l'Est (de Jérusalem)***

- Elle se cacha à leurs yeux derrière un écran et Nous lui envoyâmes alors Notre Esprit qui se présenta à elle sous l'aspect d'un parfait être humain.

- Elle dit: «Je me mets contre toi sous la protection du Très Miséricordieux si tu en as quelque crainte».

- Il dit «Je ne suis qu'un messager de ton Seigneur ayant pour mission de te donner un garçon pur et béni. ﴾ (S. 19, V. 16 à 19)

On citera aussi l'exemple des deux Anges qui, après être entrés par-dessus le mur du sanctuaire se présentèrent à david sous l'aspect de deux hommes ayant un différend. Il fut effrayé par cette apparition et ils dirent :

﴿ ***N'aie crainte, Nous sommes deux parties en litige. L'un de nous a outrepassé le droit de l'autre. Arbitre entre nous en toute justice et sans dépasser la mesure et montre-nous le droit chemin.*** ﴾ (S. 38, V. 22)

C'est également sous une forme humaine que l'Ange Gabriel a été vu par tout un groupe de personnes quand il apparut au Prophète (que la Bénédiction et le Salut de Dieu soient sur lui) dans la mosquée, comme le rapporte `Omar Ibn Al Kahttab :

«Un jour, alors que nous étions assis chez le Messager de Dieu (que la Bénédiction et le Salut de Dieu soient sur lui), survint un homme aux vêtements d'une blancheur éclatante et aux cheveux d'un noir de jais. Aucune trace de voyage ne paraissait sur lui, et aucun d'entre nous ne le connaissait. Il s'assit auprès du Prophète (que la Bénédiction et le Salut de Dieu soient sur lui), de façon à ce que leurs genoux se

touchent, puis posa ses paumes sur ses cuisses et demanda :

«Ô Mohammed, informe-moi sur l'islam ?»... Ce Hadith nous apprend que l'Ange Gabriel interrogea le Messager de Dieu (que la Bénédiction et le Salut de Dieu soient sur lui) à propos de l'Islam, de l'*imane*, de l'*ihsane* et de l'Heure. Ce n'est qu'après le départ du visiteur que le Prophète (que la Bénédiction et le Salut de Dieu soient sur lui) apprit à ses compagnons que c'était l'Ange Gabriel venu pour les instruire de leur religion. Rapporté par En Nawawi, Mouslim et par d'autres.

LES ANGES LES PLUS CELEBRES

GABRIEL

Dieu Le Très-Haut dit: ﴾ ***Celui qui est ennemi de Gabriel, eh bien c'est Gabriel qui l'a fait descendre sur ton coeur, avec la permission de Dieu.*** ﴿ (S. 2, V. 97)

Dieu dit aussi: ﴾ ***Celui qui est ennemi de Dieu, de Ses Anges, de Ses Messagers, de Gabriel et de Mikaël, Dieu est certainement un ennemi pour les Négateurs.*** ﴿ (S. 2, V. 98)

On trouve également dans le Saint Coran: ﴾ ***Si vous revenez toutes deux (Aïcha et Hafsa) au droit chemin, c'est que vos coeurs ont entendu raison et si vous vous coalisez contre lui, Dieu est alors son protecteur ainsi que Gabriel, les vertueux parmi les Croyants de même que les Anges, tous sont là pour le soutenir.*** ﴿ (S. 66, V. 4)

Dieu a qualifié Gabriel de «*Saint-Esprit*» pour signifier l'essence même et le secret de la pureté. Ainsi, Dieu dit : ﴾ ***Nous avons donné à Jésus fils de Marie les preuves évidentes et Nous l'avons appuyé par le Saint-Esprit.*** ﴿ (S. 2, V. 87)

ISRAFIL

Israfil est l'Ange chargé de souffler dans la Corne au Jour du Jugement Dernier. Il était également constamment cité par le Prophète (que la Bénédiction et le Salut de Dieu soient sur lui) dans ses invocations. «*Seigneur, Maître de Gabriel, Mikaël et Israfil...* » Quand il en recevra l'ordre de Dieu, Israfil devra souffler trois fois dans la Corne : une première fois pour jeter la terreur, la seconde pour foudroyer les vivants et la dernière pour faire renaître les êtres pour le Jugement Dernier.

MALIK

L'Ange Malik est chargé de l'Enfer. Dieu (loué soit-Il) dit: ﴿ ***«Ô Malik ! Que ton Seigneur nous achève une fois pour toutes !» Il dit : «Vous devez y demeurer* (éternellement) ».** ﴾ (S. 43, V. 77)

REDOUANE

L'Ange Redouane est le gardien du Paradis

Il serait possible de citer de nombreux autres noms d'Anges, mais nous nous contenterons de ces quelques illustrations, notre objectif étant uniquement de montrer certaines évidences, et non de citer tous les Anges.

De même que Dieu dit :

﴾ ***C'est l'Esprit loyal et respectueux du dépôt qui l'a descendu avec lui***

Sur ton coeur pour que tu sois l'un des avertisseurs. ﴿ (S. 26, V. 193-194)

Dieu dit également : ﴾ ***Au cours de cette nuit, les Anges et l'Esprit descendent avec toutes sortes de décisions, avec la permission de leur Seigneur.*** ﴿ (S. 81, V. 4)

Gabriel est l'un des Anges les plus proches et les plus honorés de Dieu, celui à qui sont confiées les Révélations, puisque Dieu en dit :

﴾ ***Ce sont les paroles d'un noble Messager***

Doué d'une grande force et ayant une place d'honneur auprès du Maître du Trône

Il jouit là-bas de l'obéissance des Anges supérieurs et il est respectueux du dépôt. ﴿ (S. 81, V. 19-20)

Le Prophète (que la Bénédiction et le Salut de Dieu soient sur lui) avait pour habitude de le citer dans ses invocations à chaque réveil en ces termes : «*Seigneur, Maître de Gabriel, Mikaël et Israfil...*»

L'Ange Gabriel est descendu à La Mecque lorsque hajar n'eut plus aucune goutte d'eau et qu'elle n'avait plus de lait pour nourrir son fils (Ismaël, salut et bénédiction sur lui). Il fut alors envoyé par Dieu pour frapper le sol du bout de son aile, et l'eau jaillit de cette source qui fut appelée Zemzem, qui existe encore de nos jours et dont l'eau a des vertus bénéfiques.

Enfin, il est à noter que le Prophète (que la Bénédiction et le Salut de Dieu soient sur lui) avait l'habitude de réciter le Coran durant le mois de Ramadan. Au cours du dernier mois de Ramadan de sa vie, il le fit deux fois. C'est également pendant ce mois que l'Ange Gabriel dirigea l'Office pour le Prophète (que la Bénédiction et le Salut de Dieu soient sur lui) et lui apprit les cinq Offices obligatoires.

LES JUIFS SE FONT LES ADVERSAIRES DE L'ANGE GABRIEL

Lorsque le Prophète (que la Bénédiction et le Salut de Dieu soient sur lui) entra victorieux dans le village de Fadak, un groupe de juifs, dirigé par l'un de leurs dignitaires nommé Ibn Soria, se rendit auprès de lui, prétendant montrer leur désir de se convertir à l'Islam. En réalité, ils désiraient seulement s'enquérir auprès du Messager de Dieu (que la Bénédiction et le Salut de Dieu soient sur lui) à propos de certaines affaires religieuses, et ce, dans le but de se convaincre de l'Islam et de ne pas se convertir à cause de la crainte uniquement.

Ainsi, Ibn Soria demanda au Prophète (que la Bénédiction et le Salut de Dieu soient sur lui): «Comment est ton sommeil, ô Mohammed ? Nous savons par nos Livres comment est le sommeil du dernier Messager, et si ta réponse est conforme à ce que nous savons, alors nous te croirons.»

Le Prophète (que la Bénédiction et le Salut de Dieu soient sur lui) répondit : «*Mes yeux s'endorment, mais mon coeur reste éveillé*.»

Ibn Soria dit : «Tu as raison. Il ne te reste alors qu'à nous informer sur ton Seigneur. Qui est-Il ?»

Dieu fit alors descendre l'Ange Gabriel pour révéler la sourate de «La foi pure et exclusive»:

Au Nom de Dieu Le Clément Le Miséricordieux.

﴾ ***- Dis : «C'est Lui Dieu, seul et unique***
- Dieu, le secours suprême et efficient
- Il n'a jamais enfanté et Il n'a jamais été enfanté
- Nul ne Lui est égal ou semblable. ﴿

Ibn soria répliqua: «Tu dis vrai. Il ne me reste plus qu'une question. Si tu y réponds, nous te croirons, nous nous convertirons à l'Islam et te suivrons. Quel est l'Ange qui t'apporte la Révélation ?»

Le Prophète répondit : «*C'est l'Ange Gabriel*.»

Ibn Soria affirma alors : «L'Ange Gabriel est notre ennemi. Il apporte les combats, la puissance d'action et la guerre. Jamais il ne révèle la facilité et la sollicitation. Par conséquent, nous ne t'accorderons pas notre foi. Si cela avait été Mikaël qui t'apportait la Révélation, nous t'aurions cru.»

Dieu fit alors descendre des versets qui dévoilent leurs véritables intentions : ﴿ ***Dis : celui qui est un ennemi de Gabriel, eh bien c'est Gabriel qui l'a fait descendre sur ton coeur, avec la permission de Dieu, le Coran venant confirmer ce qui a précédé, guider les Croyants sur le droit chemin et leur annoncer la bonne nouvelle. - Celui qui est ennemi de Dieu, de Ses Anges, de Ses Messagers, de Gabriel et de Mikaël, Dieu est certainement un ennemi pour les Négateurs.*** ﴾ (S. 2, V. 97-98)

LE SEXE DES ANGES

Certains mécréants ont attribué aux Anges le sexe féminin et ils ont prétendu que ces derniers étaient les filles de Dieu. Certes, le Coran affirme que Dieu a créé un couple parmi toutes les espèces: ﴾ ***Nous avons créé de toute chose un couple, peut-être vous rappelez-vous ?*** ﴿ (S. 51, V. 49)

Mais les Anges, qui sont également des créatures du Tout-Puissant sont exclus de cette catégorie.

On ne peut en effet leur attribuer ni le sexe masculin, ni le sexe féminin. Dieu leur a attribué le qualificatif de «*Serviteurs du Tout-Miséricordieux*» en disant: ﴾ ***Ils firent des Anges (et ce sont les serviteurs du Tout-Miséricordieux) des êtres du sexe féminin ! Ont-ils donc été témoins de leur création ? Leur témoignage sera alors inscrit et ils auront à en répondre.*** ﴿ (S. 43, V. 19)

Quant à ceux qui attribuent aux Anges le sexe féminin, ce sont des mécréants: ﴾ ***Certes ceux qui ne croient pas à l'autre monde donnent aux Anges des noms de femmes.***

- Ils ne se basent en cela sur aucune science car ils ne font que suivre des présomptions quand les

simples présomptions ne peuvent nullement mener à la vérité. ﴾ (S. 53, V. 27-28)

Le fait de qualifier les Anges de «filles de Dieu» était en soi-même un blasphème puisque les mécréants de l'époque haïssaient les filles à tel point qu'ils les enterraient vivantes de crainte qu'elles ne soient source de déshonneur. Dieu répondit à ces comportements, à ces mensonges en disant :

﴿ ***- Demande-leur : «Est-ce que les filles sont pour ton Seigneur et est-ce que les fils sont pour eux ?***
- Ou bien avons-Nous créé les Anges de sexe femelle en leur présence ?
- C'est bien là un de leurs mensonges quand ils disent :
- «Dieu a enfanté» et ce sont sûrement des menteurs.
- A-t-il élu les filles de préférence aux fils ?
- Qu'avez-vous donc à juger ainsi ?
- Est-ce que vous ne vous souvenez pas ? ﴾
(S. 37, V. 149 à 155)

LES ANGES NE MANGENT NI NE DORMENT

Etant donné que la gent humaine a besoin de nourriture afin de survivre, et puisque les Anges sont d'une nature différente de l'espèce humaine, Dieu a fait que la nourriture qui procure la force des Anges est constituée de louanges et d'invocations à Dieu. Le Coran, à travers le récit de la vie d'Abraham, nous informe sur le mode de vie des Anges :

﴾ ***- T'est-il parvenu le récit des honorables hôtes d'Abraham ? - Quand ils le surprirent chez lui et dirent: «Paix et salut!» Il dit: «Paix et salut! Gens inconnus de nous». - Il se retira parmi les siens pour apporter un veau gras. - Il le leur présenta et dit: «Ne mangez-vous donc pas ?» - Il en ressentit de la peur et ils dirent: «N'aie crainte !» Ils lui annoncèrent l'heureuse naissance prochaine d'un garçon très savant.*** ﴿ (S. 51, V. 24 à 28)

Tout comme ils ne mangent pas, les Anges ne dorment pas non plus, ne se fatiguent jamais. Ils s'occupent des êtres humains de jour et de nuit et ne sont jamais sujets à la fatigue ou à l'ennui qui peut arriver aux humains. Dieu dit à ce sujet: ﴾ ***Ils***

proclament Sa gloire et Sa pureté la nuit et le jour, sans cesse. ﴾ (S. 21, V. 20)

Ainsi que: ﴿ **- *Ceux qui sont auprès de Ton Seigneur* (les Anges) *chantent Sa Gloire de nuit et de jour sans éprouver le moindre ennui.*** ﴾ (S. 41, V. 38)

Quant à la mort des Anges, il faut savoir qu'ils meurent tout comme les humains et les démons, comme l'affirme Dieu : ﴿ ***Toute chose est appelée à périr, excepté Son Visage.*** ﴾ (S. 28, V. 88)

Dieu (qu'Il soit glorifié) dit : ﴿ ***On soufflera alors dans le clairon*** (de l'Apocalypse) ***et tous les habitants des cieux et de la terre tomberont foudroyés, sauf ceux que Dieu a bien voulu épargner. Puis on y soufflera de nouveau et les voilà debout, les yeux grand ouverts.*** ﴾ (S. 39, V. 68)

A ce sujet, Ibn Kathir précise qu'il s'agit dans ce verset du second appel de clairon, celui qui foudroie et qui provoque la mort des habitants des cieux et de la terre, sauf ceux qui sont épargnés par Dieu. Le dernier à mourir sera l'Ange de la mort, et Dieu l'Unique restera Le Seul Vivant, Eternel. Il demandera alors à trois reprises :

﴿ ***A qui appartient la royauté, aujourd'hui ?*** ﴾ Dieu se répondra à Lui-même : ﴿ ***A Dieu, l'Unique, le Dompteur des tyrans. J'ai été Seul, J'ai tout dompté et J'ai condamné toute chose à la disparition.*** ﴾

LA HIÉRARCHIE DES ANGES ET LEURS ACTIONS

Les Anges sont des soldats de Dieu dont le nombre est connu de Dieu seul. Certains ont été cités dans le Coran, alors que le Prophète (que la Bénédiction et le Salut de Dieu soient sur lui) nous a informés au sujet de certains d'entre eux. Chacun des Anges a une tâche bien définie et aucun d'eux ne désobéit jamais à Dieu.

De même qu'ils ont des apparences différentes, leur hiérarchie dénote une certaine préférence de Dieu: certains sont les plus rapprochés, alors que d'autres sont en deçà de ce grade.

Tel est le cas pour **les porteurs du Trône** qui sont parmi les plus rapprochés de Dieu.

﴿ ***Ceux qui portent le Trône et ceux qui l'entourent chantent la gloire et la louange de leur Seigneur et croient en Lui. Ils implorent l'absolution pour ceux qui ont cru :***
«Seigneur ! Ta miséricorde et Ta science ont la contenance de toute chose.
A ceux qui sont revenus repentants et ont suivi Ta voie et préserve-les du supplice de la Fournaise ardente. ﴾ (S. 40, V. 7)

De même, ils disent dans leur supplication : « Gloire à Toi, Seigneur et louange à Toi. Nous Te remercions pour Ta Clémence en dépit de Ton savoir.] «Gloire à Toi, Seigneur et louange à Toi. Nous Te remercions pour Ton Pardon malgré Ta Puissance.»

Le Prophète (que la Bénédiction et le Salut de Dieu soient sur lui) a parlé du gigantisme des Anges porteurs du Trône. Abou Daoud rapporte à ce sujet que Jabir Ibn Abdallah (que Dieu soit satisfait d'eux) a raconté que le Prophète (que la Bénédiction et le Salut de Dieu soient sur lui) a dit: *«Il m'a été permis de décrire la distance qui sépare le lobe de l'oreille jusqu'à l'épaule les porteurs du Trône. Il équivaut à une marche de sept cents ans.»*

Les porteurs du Trône sont certainement ceux dont Dieu a parlé dans le Coran en ces termes : ﴿ ***Jamais le Messie ne refusera par fierté d'être un serviteur de Dieu ni les Anges les plus rapprochés*** (de Dieu) ﴾ (S. 4, V. 172)

Ainsi que : ﴿ ***Tu vois alors les Anges faisant cercle autour du Trône et chantant la gloire et la louange de leur Seigneur.*** ﴾ (S. 39, V. 75)

CEUX QUI SONT DANS LES CIEUX

Dieu Tout-puissant dit: ﴿ ***Les cieux ne sont pas loin de craquer*** (d'indignation) ***les uns au-dessus des autres et les Anges proclament la pureté et la***

louange de Leur Seigneur et implorent rémission pour ceux qui sont sur terre. ﴾ (S. 42, V. 5)

﴿ ***Et ceux qui sont auprès de Lui*** **(les Anges)** ***ne se sentent nullement trop grands pour L'adorer et n'en éprouvent ni ennui ni lassitude.***

- Ils proclament Sa gloire et Sa pureté la nuit et le jour, sans arrêt. ﴾ (S. 21, V. 19-20)

jabir (que Dieu soit satisfait de lui) rapporte que le Prophète (que la Bénédiction et le Salut de Dieu soient sur lui) a dit : «*Il n'y a pas, dans les sept cieux, l'espace d'un pied, ni d'une paume, ni d'un pouce, où il n'y ait un Ange debout, à genoux ou prosterné.*» Rapporté par Tabarani.

Ces Anges font les sept tours rituels autour de la «Maison peuplée» comme en parle le Coran ﴿ ***- Par la Maison peuplée.*** ﴾ (S. 52, V. 4)

Le Prophète (que la Bénédiction et le Salut de Dieu soient sur lui) précise dans le Hadith de «L'Ascension Nocturne»: «*Puis on me mena à la Maison peuplée où entraient chaque jour soixante-dix mille Anges.*» Rapporté par El Boukhari et Mouslim.

LES GARDIENS DE L'ENFER

Parmi les gardiens de l'Enfer figure un Ange nommé **Malik** comme l'indique ces versets : ﴿ ***Ils dirent: «Ô Malik ! Que ton Seigneur nous achève une fois pour toutes.*** ﴾ (S. 43, V. 77)

Ou encore: ﴿ ***Ceux qui étaient dans le Feu dirent aux gardiens de l'Enfer: «Demandez à votre Seigneur de nous alléger un jour de notre supplice ».*** ﴾ (S. 40, V. 49)

Le nombre des gardiens de l'Enfer est de dix-neuf Anges comme le précise Dieu dans ce verset : ﴿ ***Elle est sous les ordres de dix-neuf*** (Anges-Gardiens). ﴾ (S. 74, V. 30)

Quant au gardien du Paradis, c'est un Ange nommé **Redouane** comme l'affirme Ibn Kathir selon certains Hadith.

COMMENT LES ANGES ADORENT DIEU

Les Anges sont des créatures de Dieu qui n'ont aucune faculté de désobéissance, ayant été créés pour adorer Dieu et pour Lui obéir. Ainsi, Dieu dit : ﴿ *[...] des Anges rudes ne désobéissant à aucun ordre de Dieu et faisant tout ce qu'on leur ordonne.»* ﴾ (S. 66, V. 6)

De même: ﴿ ***et ceux qui sont auprès de Lui*** (les Anges) ***ne se sentent nullement trop grands pour L'adorer et n'en éprouvent ni ennui ni lassitude. - Ils proclament Sa gloire et Sa pureté la nuit et le jour, sans arrêt.*** ﴾ (S. 21, V. 19-20)

Ou encore: ﴿ ***Ceux qui portent le Trône et ceux qui l'entourent chantent la gloire et la louange de leur Seigneur et croient en Lui.*** ﴾ (S. 40, V. 7)

Ou encore: ﴿ ***Ceux qui sont auprès de Ton Seigneur*** (les Anges) ***chantent Sa Gloire de nuit et de jour sans éprouver le moindre ennui.*** ﴾ (S. 41, V. 38)

On trouve également référence à l'adoration des Anges dans les versets suivants: ﴿ ***et les Anges proclament la pureté et la louange de Leur Seigneur***

et implorent rémission pour ceux qui sont sur terre. ﴾ (S. 42, V. 5)

Ou bien : ﴿ ***C'est bien nous qui planons en rang.***

- C'est bien nous qui récitons sans cesse les attributs de Dieu. ﴾ (S. 37, V. 165-166)

Dans son Sahih, Mouslim rapporte que Abou Dharr (que Dieu soit satisfait de lui) a dit : «*On demanda au Prophète (que la Bénédiction et le Salut de Dieu soient sur lui) quelle est la meilleure façon de louer Dieu et il répondit : «Ce que Dieu a choisi pour Ses Anges et Ses serviteurs : Gloire et louange à Dieu.*» Rapporté par Mouslim Ahmed et Thirmidi.

COMMENT LES ANGES S'ACQUITTENT DE L'OFFICE

Dieu dit: ﴿ - ***Par ceux qui planent en rang.***

- ***Par ceux qui éloignent avec force*** (les démons qui viennent espionner le ciel) ***ou par ceux qui repoussent*** (les gens loin des choses interdites)

- ***Par ceux qui récitent un Livre de rappel***

- ***Votre Dieu est assurément Un*** (Seul et Unique Dieu). ﴾ (S. 37, V. 1 à 5)

Dieu dit aussi: ﴿ ***Le tonnerre déclame Sa gloire et Sa louange ainsi que les Anges sous l'effet de Sa crainte et Il lâche les foudres dont Il atteint qui Il veut.*** ﴾ (S. 13, V. 13)

Ainsi que : ﴿ ***A Dieu se prosterne tout ce qui bouge comme êtres vivants dans les cieux et sur la terre ainsi que les Anges sans nullement s'y refuser par orgueil.*** ﴾ (S. 16, V. 49)

Le Coran dit également : ﴿ ***Dieu et Ses Anges bénissent le Prophète.*** ﴾ (S. 33, V. 56)

Et : ﴿ ***Ceux qui sont auprès de ton Seigneur ne se refusent pas par orgueil à Son Adoration servile.***

Ils répètent sans cesse Ses attributs et se prosternent devant Lui. ﴾ (S. 7, V. 206)

Il en ressort que la pratique des Offices par les Anges ressemble à celle des humains: ils se prosternent, se relèvent, s'agenouillent.

A ce propos, Hakim Ibn Hazm rapporte qu'un jour, alors que le Prophète était entouré de ses Compagnons, il leur demanda : «*N'entendez-vous pas ce que j'entends?» Ils répondirent: «Nous n'entendons rien.» Il dit : «J'entends des craquements du ciel. Et comment ne craquerait-il pas, alors que chaque pouce est occupé par un Ange prosterné ou debout.*» Rapporté par Tabarani

De même, le Hadith rapporté par Mouslim rapporte que le Prophète (que la Bénédiction et le Salut de Dieu soient sur lui) recommanda à ses Compagnons, au moment de l'accomplissement de l'Office: «*Ne vous mettrez-vous pas en rang comme le font les Anges devant Leur Seigneur ?*

- Et comment se rangent-ils, demandèrent-ils.

- Ils occupent totalement les premiers rangs et se serrent dans les rangs.»

Les Anges prient pour les Croyants et demandent pardon et miséricorde pour eux.

Dieu dit à ce sujet: ﴿ ***C'est Lui qui vous bénit ainsi que Ses Anges afin de vous sortir des ténèbres à la***

lumière. Il est infiniment miséricordieux pour les Croyants. ﴾ (S. 33, V. 43)

Ibn Kathir explique que l'Office des Anges signifie leur imploration pour le pardon et la miséricorde. Quant à leurs invocations, elles visent à sortir les gens des ténèbres de l'ignorance vers la lumière de la foi et de la vérité.

Les Anges ont la plus grande crainte de Dieu et ils sont les mieux placés pour connaître la Puissance et la Grandeur divines. Ils craignent Dieu par vénération de Sa Magnificence et de Sa Majesté, de la même crainte qu'éprouvent ceux qui sont les plus rapprochés de Dieu, tels les Prophètes et les Messagers, comme l'affirme Dieu dans le verset suivant : ﴿ ***Ils craignent leur Seigneur et Maître d'au-dessus d'eux et ils font ce qu'on leur ordonne de faire.*** ﴾ (S. 16, V. 50)

ADAM ET LES ANGES

Dieu Tout Puissant dit: ﴾ ***Lorsque ton Seigneur dit aux Anges : «Je vais placer sur terre un*** **lieutenant»*,* ***ils dirent : «Y places-Tu celui qui y sèmera la corruption et y fera couler le sang à profusion ? Alors que nous ne faisons que réciter Tes attributs de pureté et de transcendance et que nous proclamons sans cesse Ta sainteté ». «Il leur dit :» Je sais ce que vous ne savez point».***

- Il enseigna à Adam les noms et caractéristiques de toutes choses puis exposa aux Anges les porteurs de ces noms et leur demanda : «Informez-Moi des noms de ces choses si vous êtes véridiques.»

- Ils dirent: «Gloire et pureté à Toi! Nous n'avons de science que ce que Tu nous a enseigné,

- C'est Toi l'Omniscient et Le Sage par excellence.»

- Il dit : «Adam! Informe-les de leurs noms !» Lorsqu'il les informa de leurs noms, Il dit : «Ne vous ai-je point dit que

Je savais l'inconnu des cieux et de la terre et que Je sais ce que vous montrez et ce que vous tenez caché?». (S2, V 30 à 33)

- Et lorsque Nous dîmes aux Anges: «Prosternez-vous devant Adam!». Ils se prosternèrent sauf Iblis (Satan) ***qui refusa, s'enorgueillit et fit partie des négateurs.*** ﴾ (S. 18, V. 50)

De même, Dieu dit: ﴿ ***Lorsque ton Seigneur dit aux Anges: «Je vais créer un être humain à partir d'une argile.***

- Dès que Je lui aurai donné sa forme parfaite et que j'y aurai insufflé de Mon Esprit prosternez-vous ».

- Les Anges se prosternèrent tous ensemble.

- Sauf Iblis (Satan) ***qui se jugea dédaigneux pour le faire. Il appartenait aux Mécréants.*** ﴾ (S. 38, V. 71 à 74)

Abou Houreira (que Dieu soit satisfait de lui) rapporte que le Messager de Dieu (que la Bénédiction et le Salut de Dieu soient sur lui) a dit : *«Dieu a créé Adam à Son image, d'une taille de soixante coudées. Quand il l'eut créé, Il lui ordonna : «Va et salue les êtres que voilà là-bas - il s'agissait d'Anges assis - et écoute comment ils te rendront ton salut, car ce sera ta façon de saluer et celle de ta descendance.» Adam y alla et dit : «Paix et salut sur vous !» Ils répondirent : Salut à toi avec la clémence de Dieu.» Ils ajoutèrent donc la clémence de Dieu.»*

Le Cheikh Abdelhamid Keichk affirme que l'existence des Anges a précédé celle d'Adam et sa descendance d'une période si longue que Dieu Seul en connaît la durée. Quand Dieu voulut créer un lieutenant sur terre, il en informa les Anges. Cette sagesse divine signifiait que les Anges allaient être en rapport étroit avec Adam et ses descendants. Ils reçurent donc l'ordre de respecter Adam et de l'honorer en se prosternant devant lui, ordre qui était en soi un examen de l'obéissance des Anges. Dieu chargea également les Anges de la transcription des actes, de la Révélation, de la pluie, des plantes, de la punition des mauvaises actions, de la mort, de toutes actions en étroite relation avec la destinée humaine. La réponse des Anges ne doit pas être considérée comme un refus, mais comme ils ignoraient la sagesse de la création de cet être, ils cherchèrent à en savoir la raison; c'est pourquoi ils décrivirent l'être humain comme quelqu'un qui allait jeter la corruption sur terre et y verser le sang à profusion avant même qu'il ne soit créé. Ils savaient en effet que cette créature issue d'argile allait vivre sur terre et qu'elle aurait deux aspects: l'un bénéfique et l'autre maléfique et que, par conséquent, la discorde serait semée parmi sa progéniture, ce qui provoquerait fatalement la corruption et les guerres.

Lorsque les Anges eurent pris connaissance des caractéristiques de cette créature et qu'ils furent au courant des prédispositions à la recherche du savoir que Dieu avait accordées à l'être humain, ils se prosternèrent en signe de considération et d'obéissance aux ordres divins : ﴾ ***Et lorsque Nous dîmes aux***

Anges: «Prosternez-vous devant Adam!». Ils se prosternèrent sauf Iblis qui refusa, s'enorgueillit et fit partie des négateurs. ﴿ (S. 18, V. 50)

Il avait en effet été maudit car il avait jugé selon son esprit détourné qu'il était supérieur à cette créature faite d'argile alors que lui était fait de feu. C'est pourquoi il refusa d'obtempérer et fut exclu de la Miséricorde de Dieu. Il faut signaler ici que Satan n'était point un Ange, mais un démon comme le montre le Coran :

﴾ ***Et lorsque Nous dîmes aux Anges : «Prosternez-vous à Adam». Ils se prosternèrent sauf Iblis, il appartenait aux génies et il se rebella contre l'ordre de son Seigneur.*** ﴿ (S. 18, V. 50)

PRESENCE DES ANGES A LA MORT D'ADAM

Toute âme étant vouée à la mort, un problème se posa lorsque Adam vint à décéder. Sa dépouille resta là, étendue devant ses enfants qui ne surent qu'en faire. Dieu leur envoya alors des Anges qui leur apprirent comment enterrer le défunt. A ce sujet, oubay rapporte que le Prophète (que la Bénédiction et le Salut de Dieu soient sur lui) a dit: «*Quand Adam mourut, les Anges lavèrent sa dépouille l'un après l'autre, puis ils creusèrent sa tombe et dirent: «Telle est la loi pour Adam et sa descendance».*» Rapporté par El Hakim et Tabarani.

LES ANGES ET LES PROPHETES

Ce furent les Anges qui transmirent à zakarie la bonne nouvelle de la naissance de Yahya (Jean).

A ce sujet, le Coran dit : ﴾ ***Les Anges l'appelèrent à ce moment alors qu'il se tenait debout en prière dans le sanctuaire : «Dieu t'annonce la bonne nouvelle de la prochaine venue de Jean qui doit ajouter foi à une parole de Dieu et être un seigneur, un homme parfaitement chaste et un prophète d'entre les vertueux.*** ﴿ (S. 3, V. 39)

De même, ce furent des Anges qui annoncèrent à marie : ﴾ ***Et lorsque les Anges dirent: «Ô Marie! Dieu t'a élue, t'a purifiée et t'a élue au-dessus des femmes des Humains.*** ﴿ (S. 3, V. 41)

Puis: ﴾ ***Et lorsque les Anges dirent: «Ô Marie! Dieu t'annonces la bonne nouvelle de la prochaine venue d'une Parole de Lui. Son nom est le Messie, Jésus Fils de Marie, notable dans ce monde et dans l'autre et parmi les rapprochés.*** ﴿ (S. 3, V. 45)

LES ANGES
ET LES ETRES HUMAINS

La relation de l'être humain avec les Anges débuta dès que Dieu eut créé Adam et qu'Il leur eut ordonné de s'agenouiller devant lui en signe d'obéissance et de respect envers Dieu.

Par la suite, les Anges furent chargés de s'occuper de la descendance d'Adam. C'est ainsi qu'ils devinrent responsables de sa destinée, de sa survie, tout comme ils furent chargés de lui transmettre la Révélation divine et d'enregistrer toutes les actions des humains. Enfin c'est sur ordre de Dieu que les Anges reprennent la vie aux humains.

LES ANGES COMME TRANSMETTEURS DE LA REVELATION

Dieu, dans Sa Toute Puissance, envoie la Révélation à ceux qu'Il choisit, qu'il s'agisse de Prophètes, de Messagers ou d'êtres humains ordinaires.

C'est ainsi que l'Ange Gabriel fut envoyé à hajar pour qu'il lui fasse jaillir l'eau de Zemzem. Il fut dépêché à marie qui n'était ni un Prophète ni un Messager.

Les Hadith font état de nombreux cas semblables qui survinrent parmi les Fils d'Israël ou d'autres nations.

Il en découle donc que certains Anges sont spécialement chargés de transmettre la Révélation, comme en témoignent ces versets: ﴾ ***Dieu élit parmi Ses Anges des Messagers ainsi que parmi les Humains.*** ﴿ (S. 22, V. 75)

Ou encore :

﴾ ***Il fait descendre les Anges porteurs de l'Esprit par Son ordre sur qui Il veut de Ses serviteurs, à savoir :***

«Avertissez qu'il n'est d'autre Dieu que Moi-même et craignez-Moi en conséquence. ﴿ (S. 16, V. 2)

Dieu dit également : ﴾ ***Ce sont les paroles d'un noble Messager.***

- Doué d'une grande force et ayant une place d'honneur auprès du Maître du Trône (Dieu).

- Il jouit là-bas de l'obéissance des Anges supérieurs et il est respectueux du dépôt. ﴿ (S. 81, V. 19 à 21)

Enfin le Coran affirme: ﴾ ***Dis : «Il a été révélé par le Saint Esprit*** (l'Archange Gabriel) ***de la part de ton Seigneur, en toute vérité et bon droit, afin de raffermir la foi de ceux qui ont cru et pour qu'il soit un guide et une bonne nouvelle pour les Musulmans».*** ﴿ (S. 16, V. 102)

LES ANGES ET LE MESSAGER DE DIEU, MOHAMMED ﷺ

Dieu Tout Puissant dit :

﴿***Et il*** (le Coran) ***est assurément ce qu'a fait descendre Le Seigneur et Maître des Univers***

- C'est l'Esprit loyal et respectueux du dépôt (Gabriel) ***qui l'a descendu avec lui***

- sur ton coeur pour que tu sois l'un des avertisseurs

- Dans une langue arabe bien claire.﴾ (S. 26, V. 192 à 195)

Orwa Ibn Zoubir rapporte que `Aïcha, l'épouse du Prophète (que la Bénédiction et le Salut de Dieu soient sur lui) lui a affirmé qu'elle avait dit : «*La première chose par laquelle commença la Révélation au Prophète (que la Bénédiction et le Salut de Dieu soient sur lui) fut la vision véridique pendant son sommeil. Il ne voyait rien qui ne se réalisait comme l'éclat du jour, puis il se mit à aimer l'isolement et il se rendait à la grotte de Hira où il passait son temps à méditer et à adorer Dieu des nuits entières avant de retourner parmi les siens pour renouveler ses provisions, puis il retournait dans la caverne jusqu'au* *jour où l'Ange lui apparut soudainement et lui dit: «Lis!» Il répondit: «Je ne sais pas lire.» «Il le prit alors et me serra très fort, puis lui demanda: «Lis!» Il répondit: «Je ne sais pas lire!» Il le prit une seconde fois et le serra très fort, puis lui demanda: «Lis!» Il répondit:» «Je ne sais pas lire!» IL me prit une troisième fois et le serra très fort, puis lui demanda: «Lis au Nom de ton Seigneur Qui a créé! * Il a créé l'homme à partir d'un caillot de sang. * Lis! et ton Seigneur Le Très-généreux... * Qui a enseigné avec la plume * A enseigné à l'Homme ce qu'il ne savait pas.»* Hadith plus long rapporté par Mouslim dans son Sahih.

C'est donc par l'intermédiaire de l'Ange Gabriel qu'est parvenue la Révélation au Prophète (que la Bénédiction et le Salut de Dieu soient sur lui).

Ibn Abbas rapporte: «*Pendant que l'Ange Gabriel se trouvait assis auprès du Prophète (que la Bénédiction et le Salut de Dieu soient sur lui), Gabriel entendit un bruit au-dessus de lui et dit: «C'est une porte du ciel qui s'ouvre aujourd'hui et qui n'a jamais été ouverte auparavant, par laquelle un Ange vient de descendre»,* et il ajouta : *«Cet Ange descend pour la première fois». Il arriva à notre niveau, nous salua et dit : «Reçois l'excellente nouvelle, aucun Prophète avant toi n'a reçu ces deux lumières. «La Fatiha du Coran et les derniers versets de la Sourate «la Vache» Tu ne liras aucune lettre de ces versets sans que tu n'en sois gratifiés.»* Rapporté par Mouslim.

Dans le Sahih de Boukhari, le Hadith suivant est rapporté : «*Un Ange est descendu et m'a guidé pour l'accomplissement de l'Office et je l'ai suivi, puis nous avons accompli un autre Office, puis un autre, puis un autre, puis un autre, puis un autre, et il compta cinq fois sur ses doigts.*»

En effet, l'Ange Gabriel se rendait auprès du Prophète (que la Bénédiction et le Salut de Dieu soient sur lui) au cours de chacune des nuits de Ramadan et lui apprenait le Coran, comme il a été précisé dans le Sahih de Boukhari. De même, il a tenu compagnie au Messager de Dieu (que la Bénédiction et le Salut de Dieu soient sur lui) au cours de son ascension nocturne.

Abou Houreira (que Dieu soit satisfait de lui) rapporte à ce propos: «*L'Ange Gabriel est venu auprès du Messager de Dieu et lui a dit: «Ô Envoyé de Dieu! Voici Khadija qui va t'apporter un récipient contenant de la graisse, ou de la nourriture ou de la boisson. Quand elle viendra, salue-la de la part de son Seigneur et annonce-lui qu'elle aura dans le Paradis une maison de perles où elle ne sera troublée par aucun bruit, ni par aucun souci de ménage.*» Rapporté par Boukhari.

LA PRESENCE CONSTANTE DES ANGES AUX COTES DES ÊTRES HUMAINS

Dieu Le Tout Puissant dit : ﴿ ***Ou bien pensent-ils que Nous n'entendons pas ce qu'ils se disent entre eux-mêmes ou à voix basse? Oh ! Que si ! Et Nos envoyés*** (les Anges gardiens) ***attachés à leur personne écrivent*** (tout ce qu'ils disent). ﴾ (S. 43, V. 80)

De même :

﴿ ***Aucune différence pour Lui. Celui qui parle en secret ou à voix haute, celui qui se terre dans la nuit où qui se déplace en plein jour,***

- Il a des Anges qui se succèdent devant et derrière lui, lui assurant sa sauvegarde par ordre de Dieu. ﴾ (S. 13, V. 10-11)

LES ANGES ENREGISTREURS

Dieu dit : ﴾ ***Et vous êtes constamment surveillés par des Anges Gardiens***

- ***Des Anges nobles qui notent par écrit*** **(chacun de vos actes et de vos paroles)**

- ***Ils savent tout ce que vous faites.*** ﴿ (S. 82, V. 10 à 12)

Ainsi que : ﴾ ***Oui, Nous avons effectivement créé l'Homme. Nous savons les mauvaises pensées que fait naître en lui son âme bestiale et Nous sommes plus près de lui que sa veine jugulaire.***

- ***Quand les deux enregistreurs*** (les Anges gardiens), ***assis l'un à sa droite et l'autre à sa gauche, enregistrent au fur et à mesure*** (l'un ses bonnes actions et l'autre ses mauvaises)

- ***Il ne prononce pas un mot sans qu'il n'ait à ses côtés un observateur prédisposé.*** ﴿ (S. 50, V. 16 à 18)

Dieu dit également : ﴾ ***Ils disent: «Malheur à nous! Qu'a donc ce livret à n'omettre aucune peccadille ni grand péché sans les porter à notre compte?***

Ils trouvèrent présents **(à leurs yeux)** ***tout ce qu'ils ont fait et ton Seigneur ne fait d'injustice à personne.*** ﴿ (S. 18, V. 10)

Enfin il est dit dans le Coran : ﴿ ***Tout être humain, Nous l'avons rendu entièrement responsable de sa destinée et, le jour de la Résurrection, Nous lui sortirons un livre*** (de ses actions) ***qu'il trouvera publié. - «Lis ton livre ! Tu suffis aujourd'hui pour te demander des comptes à toi-même».*** ﴾ (S. 17, V. 13-14)

C'est pourquoi, ces exemples prouvent que Dieu Le Très-Haut a chargé des Anges de nous surveiller jour et nuit et d'inscrire toutes nos actions et nos paroles, de recenser fidèlement tout ce qui nous concerne. Ils ne nous quittent que lorsque nous nous rendons aux toilettes, que nous cherchons à nous laver ou que nous sommes en état d'impureté.

bilal Ibn el Harith (que Dieu soit satisfait de lui) rapporte que le Prophète (que la Bénédiction et le Salut de Dieu soient sur lui) A dit : «*Un homme ne prononce pas une seule parole qui satisfait Dieu en pensant qu'elle est insignifiante sans que Dieu ne l'inscrive à son crédit pour le Jour où cet homme retrouvera, Dieu et nul homme ne prononce une parole qui mécontente, Dieu en pensant qu'elle est insignifiante sans qu'elle ne soit inscrite contre lui jusqu'au Jour où il retrouvera Dieu.*» Rapporté par Ahmed.

Quant à Ibn Kathir, dans l'explication de Ibn `Abbas des paroles divines suivantes : ﴿ ***Il ne prononce pas un mot sans qu'il n'ait à ses côtés un observateur bien prédisposé.*** ﴾ (S. 50, V. 18)

Il dit : «Tout ce qui est dit, qu'il soit bon ou mauvais est inscrit, tels «je mange, je bois, je vais, je viens, j'ai vu...», jusqu'au Jour du Jugement où toutes les paroles et tous les actes sont exposés devant leur auteur. Les bonnes et les mauvaises actions ou paroles seront alors conservées, et le reste rejeté, comme le précisent les paroles divines : ﴾ ***Dieu efface ce qu'Il veut ou le maintient, Il détient l'Ecriture-mère.*** ﴿ (S. 13, V. 39)

Mouslim et Boukhari rapportent pour leur part ce Hadith où le Prophète (que la Bénédiction et le Salut de Dieu soient sur lui) dit: «*Des Anges se succèdent autour de vous jour et nuit et ils se réunissent au cours de l'Office du lever du soleil* (fajr) *et de celui de la mi-journée* (ʿasr) *et font un rapport au sujet de ceux d'entre vous qui passent la nuit. Quand Dieu leur demande, alors qu'Il est le plus sachant:*

- Dans quel état avez-vous laissé Mes serviteurs ?

- Ils répondent: Nous les avons laissés alors qu'ils T'adoraient et nous les avons retrouvés en train de T'adorer.»

Selon Tabarani qui le rapporte d'après Abou Oumama, le Prophète (que la Bénédiction et le Salut de Dieu soient sur lui) a dit: « *Celui-ci* [l'Ange] *lève son crayon pendant six heures au cours desquelles le Croyant musulman qui a commis une erreur peut se racheter. Si ce dernier regrette son action et demande pardon à Dieu, cette mauvaise action n'est pas retenue, sinon, une mauvaise action sera inscrite.*»

De son côté, Ibn Kathir reprend l'interprétation d'Al Hassan El Basri au sujet de ces mots du Coran ﴾ ***... assis l'un à sa droite et l'autre à sa gauche enregistrant au fur et à mesure.*** ﴿ (S. 50, V. 17)

Et il ajoute: «Ô fils d'Adam! Un registre t'a été attribué et deux Anges ont été chargés de toi, l'un à ta droite et l'autre à ta gauche. Quant à celui qui est à ta droite, il inscrit toutes tes bonnes actions, alors que celui à ta gauche inscrit les mauvaises. Fais alors ce que tu veux, en grande ou en petite quantité; mais le jour où tu mourras, ton registre sera fermé et accroché à ton cou, dans ta tombe. Au jour de la Résurrection, Dieu dira: ﴾ ***Tout être humain, Nous l'avons rendu entièrement responsable de sa destinée et, le jour de la Résurrection, Nous lui sortirons un livre*** (de ses actions) ***qu'il trouve publié. - «Lis ton livre ! Tu suffis aujourd'hui pour te demander des comptes à toi-même.»*** ﴿ (S. 17, V. 13-14)

Al Hassan ajouta : «Ce n'est donc que justice que de se faire son propre ami.»

LES ANGES COMPAGNONS DES ETRES HUMAINS

Mouslim et Ahmed rapportent que le Messager de Dieu (que la Bénédiction et le Salut de Dieu soient sur lui) a dit : «*Chacun d'entre vous a deux compagnons : un démon et un Ange*». On lui demanda *: Toi aussi, ô Messager de Dieu ?* Il répondit *: «Moi aussi, sauf que Dieu m'a soutenu contre mon compagnon le démon qui s'est converti et qui ne m'apporte que du bien.»*

LES ANGES ET LES CROYANTS

Dieu dit :

﴾ ***Ceux qui portent le Trône et ceux qui l'entourent chantent la gloire et la louange de leur Seigneur et croient en Lui. Ils implorent rémission pour ceux qui ont cru: «Seigneur! Ta miséricorde et Ta science ont la contenance de toute chose. Absous ceux qui sont revenus repentants et ont suivi Ta voie et préserve-les du supplice de la Fournaise ardente».*** ﴿ (S. 40, V. 7)

Dieu dit également :

﴾ ***C'est Lui qui vous bénit ainsi que Ses Anges afin de vous sortir des ténèbres à la lumière. Il est infiniment Miséricordieux pour les Croyants.*** ﴿ (S. 33, V. 43)

Ainsi, les Anges aiment les Croyants qui sont aimés de Dieu.

Abou Houreira (que Dieu soit satisfait de lui) rapporte que le Prophète (que la Bénédiction et le Salut de Dieu soient sur lui) a dit: «*Lorsque Dieu (qu'il soit Glorifié), aime une personne, Il appelle l'Ange Gabriel et lui dit: «Dieu aime Untel, aime-le».*

L'Ange Gabriel le porte en amour et il interpelle les autres Anges : «Dieu aime Untel, aimez-le»; alors tous ceux qui sont dans les cieux l'aiment et il sera béni sur terre.» Rapporté par El Boukhari et Ahmed.

Abou Oumama, pour sa part, rapporte que le Messager de Dieu (que la Bénédiction et le Salut de Dieu soient sur lui) a dit: *«Dieu et Ses Anges, ainsi que la fourmi dans son trou et les poissons dans la mer, prient pour celui qui enseigne le bien aux gens.»* Le Prophète a également ajouté: *«Les Anges protègent de leurs ailes celui qui va à la recherche de la science en signe d'approbation.»* Rapporté par Termidhi.

En effet, Dieu a disposé des Anges partout à travers le monde qui, en plus de la tâche dont ils sont chargés d'inscrire toutes nos actions, s'interpelle chaque fois qu'ils trouvent des personnes en train d'invoquer Dieu. Les autres Anges arrivent alors pour élever ces personnes au premier ciel. Dieu leur demande alors: *«que faisaient mes serviteurs quand vous les avez laissés? Les Anges répondent: Nous les avons laissés en train de Te louer, de Te glorifier et de T'invoquer.*

Dieu demande *: M'ont-ils vu ?*
Ils répondent *: Non !*
-que feraient-ils alors s'ils Me voyaient ?
- S'ils Te voyaient, ils Te loueraient, Te glorifieraient et T'invoqueraient encore plus.
- Et que demandent-ils ? demande encore Dieu.

- Ils demandent le Paradis.
- L'ont-ils vu ?
- Non.
- Et qu'en serait-il s'ils le voyaient ?
- S'ils voyaient le Paradis, ils y tiendraient plus et le demanderaient avec plus d'insistance.
- Et que craignent-ils ?
- L'Enfer.
- L'ont-ils vu ?
- Non.
- Et qu'en serait-il s'ils le voyaient ?
- S'ils le voyaient, ils le fuiraient et le craindraient encore plus.
- J'atteste que Je leur ai pardonné.
- Il y a parmi ces gens Untel qui a commis des erreurs et qui n'est parmi eux que pour ses affaires.
- Ce sont des gens en compagnie desquels personne ne peut être réprouvé.» répond Dieu.

Rapporté par El Boukhari et Termidhi

L'imam Ahmed rapporte que Abou Ad-darda` (que Dieu soit satisfait de lui) a affirmé avoir entendu le Prophète (que la Bénédiction et le Salut de Dieu soient sur lui) dire: «*A celui qui suit une voie à la recherche de la science, Dieu ouvre une voie dans le Paradis et les Anges étendent leurs ailes pour protéger celui qui va à la recherche de la science en signe de bénédiction de son action. Il est demandé pardon pour le savant dans les cieux et sur terre; même les poissons dans la mer prient pour lui. Quant à l'effet du savant sur les gens, il ressemble à celui de la lune sur les autres astres. Les savants sont les héritiers des Envoyés de Dieu; ils n'en ont hérité aucun dirham, ni aucun dinar, mais ils ont hérité la science, et celui qui apprend cette science en prend* (du trésor hérité) *une grande part.*

Dans un Hadith assez long, Mouslim rapporte que le Prophète (que la Bénédiction et le Salut de Dieu soient sur lui) a dit: «*Il n'est pas un groupe de personnes qui se réunissent dans une maison de Dieu pour réciter les paroles divines sans que la paix ne descende sur eux et qu'ils ne soient recouverts de la bénédiction et protégés par les Anges.*»

LES ANGES ET CEUX QUI INVOQUENT DIEU

Ceux qui invoquent Dieu sont les personnes qui ne cessent de Le louer et de Le glorifier pour tous Ses bienfaits sur terre ainsi que pour tout ce qu'Il leur réserve dans le Paradis. Ce sont ceux qui remercient sans cesse Dieu de les avoir guidés vers la voie de la foi et de l'Islam.

A ce sujet, le Prophète (que la Bénédiction et le Salut de Dieu soient sur lui) a dit: «*Dieu a disposé partout sur terre des Anges qui sont à la recherche de ceux qui Le louent. Chaque fois qu'ils trouvent un groupe de personnes qui évoquent Dieu, ils s'interpellent: «Venez à votre affaire!» Ils entourent alors le groupe et les enveloppent de leurs ailes jusqu'au premier ciel.*» Rapporté par Mouslim.

De même, Mouslim rapporte dans son Sahih que le Messager de Dieu (que la Bénédiction et le Salut de Dieu soient sur lui), sortant de chez lui, a rencontré un groupe de ses Compagnons. Il leur demanda :

«*Qu'est-ce qui vous a réunis ?*»

- Nous nous sommes réunis pour invoquer Dieu, Le

louer et Le remercier de nous avoir fait don de l'Islam et de nous avoir guidés vers lui.

«- *Vous êtes réunis pour cela et rien d'autre ?*»

- Par Dieu, nous sommes réunis uniquement pour cela.

«- *Je ne vous ai pas interrogés par accusation. Mais parce que l'Ange Gabriel est venu me révéler que Dieu (qu'Il soit Glorifié) est fier de vous auprès de Ses Anges.*»

LES ANGES PRIENT POUR CEUX QUI PRIENT POUR LE PROPHETE ﷺ

Dieu dit : ﴿ ***Dieu et Ses Anges bénissent le prophète. Ô vous qui avez cru ! Invoquez pour lui sans cesse la bénédiction et le salut de Dieu !*** ﴾ (S. 33, V. 59)

De même, il est rapporté dans le Hadith que le Prophète (que la Bénédiction et le Salut de Dieu soient sur lui) a dit: «*Il n'est pas une personne qui prie pour moi sans que les Anges prient pour lui, tant qu'il est en prière. Que chacun le fasse donc en petite ou en grande quantité.*» Rapporté par Ahmed.

CEUX QUI SE RENDENT A LA MOSQUEES POUR ACCOMPLIR L'OFFICE

L'Imam Boukhari rapporte que le Messager de Dieu (que la Bénédiction et le Salut de Dieu soient sur lui) a dit: «*Des Anges se succèdent autour de vous jour et nuit et ils se réunissent au cours de l'Office du lever du soleil* (fajr) *et de celui de la mi-journée* (`asr) *et font un rapport au sujet de ceux d'entre vous qui passent la nuit. Quand Dieu leur demande, alors qu'Il est le plus savant :*

- «Dans quel état avez-vous laissé Mes serviteurs ?

-Ils répondent *: Nous les avons laissés alors qu'ils T'adoraient et nous les avons retrouvés en train de T'adorer.*» Rapporté par El Boukhari et Mouslim.

Quant à Abou Houreira, il rapporte que l'Envoyé de Dieu (que la Bénédiction et le Salut de Dieu soient sur lui) a affirmé: «*Dieu a préféré l'Office collectif à celui individuel de vingt-cinq degrés, les Anges de la nuit et ceux du jour se réunissant lors de l'Office du Fajr.*» Rapporté par El Boukhari.

Et Abou Houreira d'ajouter: « Si vous le voulez,

récitez donc ces paroles de Dieu : ﴿ ***Certes la lecture du Coran de la première aurore aura toujours de nombreux témoins.*** ﴾ (S. 17, V. 78)

Abou Houreira ajoute également que le Messager de Dieu (que la Bénédiction et le Salut de Dieu soient sur lui) a dit: «*La prière de l'individu chez lui est vingt-cinq fois plus faible que celle qu'il accomplit collectivement dans une mosquée. Par conséquent, quand un homme a fait correctement ses ablutions, quitte son domicile dans la seule intention de se rendre à la mosquée pour accomplir l'Office, il ne fait pas un pas sans qu'il lui soit compté pour un degré d'élévation et qu'une faute lui soit pardonnée. Pendant qu'il accomplit l'Office, les Anges prient pour lui en ces termes : «Seigneur, pardonne-lui, accorde-lui Ta grâce.» Il restera dans ce même état tant qu'il attendra l'accomplissement d'un Office.*» Rapporté par Boukhari, Mouslim, Abou Daoud, Tirmdhi et Malek.

Mouslim, de son côté, rapporte dans son Sahih que «les Anges prient pour celui qui se rend à la mosquée pour y accomplir l'Office en ces termes: *«Seigneur, accorde-lui Ta grâce, étant donné qu'il n'a fait aucun mal dans la mosquée et qu'il ne l'a pas souillée.*»

A PROPOS DU FAIT DE SE RENDRE TOT A LA MOSQUEE POUR L'OFFICE DU VENDREDI

Selon Abou Houreira, le Prophète (que la Bénédiction et le Salut de Dieu soient sur lui) a dit: «*Le vendredi, des Anges se trouvent à chaque porte de la mosquée pour inscrire ceux qui entrent dans l'ordre de leur arrivée. Une fois que l'imam s'installe sur la chaire, ils referment leur registre et se mettent à écouter le discours de ce dernier.*» Rapporté par El Boukhari.

L'ASSURANCE PAR LES ANGES

Abou Ad-darda` rapporte que le Messager de Dieu (que la Bénédiction et le Salut de Dieu soient sur lui) a dit: «*Lorsqu'une personne prie sincèrement pour le bien d'autrui, sa prière est exaucée car un Ange est au-dessus de sa tête qui certifie sa prière, l'approuvant en ces termes : «Amine, et également pour toi.*» Rapporté par Ibn Maja.

Quant à Boukhari et Mouslim, ils relatent que l'Envoyé de Dieu (que la Bénédiction et le Salut de Dieu soient sur lui) a dit: « Lorsque l'imam dit :»... *et non ceux qui ont encouru Ta colère, ni des égarés» dites: «Amine» car, à ceux dont les paroles correspondent à celles des Anges, les fautes antérieures seront pardonnées.*»

Mouslim ajoute dans son Sahih, dans un Hadith rapporté par Oum Salama, que le Messager de Dieu (que la Bénédiction et le Salut de Dieu soient sur lui) a dit: «*Ne priez pour vous-mêmes que pour le bien, car les Anges certifient ce que vous dites.*»

L'imam Ahmed rapporte, pour sa part, que l'Envoyé de Dieu (que la Bénédiction et le Salut de Dieu soient sur lui) a dit: «*Chaque fois qu'un croyant est atteint d'un mal dans son corps, Dieu ordonne aux deux Anges chargés de garder cette personne: «Inscrivez pour Mon serviteur, pour chaque jour et chaque nuit, tant qu'il fait du bien, tant qu'il est emprisonné dans mes liens.»*

Ibn Hibbane rapporte à ce même sujet que, selon ali, le Prophète (que la Bénédiction et le Salut de Dieu soient sur lui) a dit : «*Il n'est pas une personne croyante qui revient en étant croyante sans que lui soient dépêchés soixante-dix mille Anges qui prient pour elle à toute heure de la journée, jusqu'à la tombée de la nuit, ou à toute heure de la nuit, jusqu'au lever du jour.*»

LES ANGES CHARGES DE REPRENDRE L'AME

Dieu Le Tout-puissant dit : ﴿ ***C'est Lui l'Impérieux au-dessus de Ses serviteurs. Il envoie sur vous des gardiens jusqu'au moment où la mort vient à l'un de vous. Nos Messagers lui retirent alors son âme, ne laissant personne échapper.*** ﴾ (S. 6, V. 61)

Le Coran dit également : ﴿ ***Ceux dont les Anges reprennent l'âme alors qu'ils ont une bonne odeur*** **(de vertu).** ***Ils*** **(les Anges)** ***disent: «Salut à vous! Entrez dans le paradis pour ce que vous faisiez.*** ﴾ (S. 16, V. 32)

Et aussi : ﴿ ***Dis: «L'Ange de la mort, qui a été chargé de vous, vous retirera votre âme puis vous serez renvoyés à votre Seigneur.*** ﴾ (S. 32, V. 11)

Quant au Prophète (que la Bénédiction et le Salut de Dieu soient sur lui), il dit : «*Au moment où un serviteur musulman est sur le point de quitter ce bas monde pour entrer dans l'Au-delà, des Anges aux visages blancs comme le soleil un jour d'été, descendent avec un linceul et des baumes du Paradis. Ils s'installent à son chevet et attendent l'arrivée de l'Ange de la mort. Quand celui-ci arrive, il se met près de la tête de l'agonisant et dit : «Ô âme pure, sors pour rejoindre le pardon et la bénédiction de Dieu.»* Au moment de la mort, des Anges se rendent auprès du Croyant pour lui annoncer son accès au Paradis.

Dieu dit à ce sujet : ﴾***Ceux qui ont dit: «Notre Seigneur et Maître est Dieu» puis ont pris le droit chemin, les Anges descendent sur eux par vagues successives*** (en leur disant) ***: «N'ayez crainte et ne vous attristez point! Réjouissez-vous à l'avance du Paradis qui vous était promis.***﴿ (S. 41, V. 30-31)

La relation de l'être humain avec les Anges continue même après sa mort car, au Jour du Jugement Dernier, ils réunissent les bienfaisants.

Dieu dit à ce propos : ﴾***Ils ne seront pas attristés par la plus grande frayeur*** (la Résurrection) ***et les Anges viennent à leur rencontre : «C'est ce jour qui vous a été promis.»***﴿ (S. 21, V. 103)

Egalement : ﴾***Ceux qui auront patienté dans l'espoir de voir le visage de leur Seigneur, qui auront accompli correctement la prière, qui auront dépensé en secret et en public de ce que Nous leur avons donné et qui repoussent la mauvaise action par la bonne, ceux-là auront la demeure*** (du Paradis) ***comme destination finale.***﴿ (S. 13, V. 22)

LES ANGES COMBATTENT AUX COTES DU PROPHETE ET DES CROYANTS

De nombreux versets du Coran attestent la présence des Anges aux côtés des Musulmans dans leurs batailles et au cours de leurs expéditions. Telles les batailles de badr, des Coalisés, du Fossé ou encore celle de Hounein.

Tous ces versets prouvent la puissance divine et le soutien de Dieu à ceux qu'Il a choisis, leur envoyant des Anges afin de les aider, partout et en tous temps.

LA GRANDE BATAILLE DE BADR

Dieu dit : ﴾ ***Dieu vous a effectivement fait vaincre à Badr alors que vous étiez insignifiants. Craignez donc Dieu et peut-être remercierez-vous***

- Tu disais aux Croyants: «Ne vous suffira-t-il donc jamais que votre Seigneur vous renforce par la descente de trois milliers d'Anges ?

- Bien plus encore, si vous vous montrez patients et pieux et que vos ennemis viennent à vous maintenant, votre Seigneur vous renforcera même de cinq milles Anges guerriers.

- Dieu n'en a fait qu'une bonne nouvelle pour vous, afin que vos coeurs retrouvent confiance. La victoire n'émane que de Dieu, Le Puissant et Le Sage. ﴿ (S. 3, V. 123 à 126)

Dieu dit aussi: ﴾ ***Lorsque ton Seigneur inspirait aux Anges: «Je suis avec vous, raffermissez ceux qui ont cru ! Je vais jeter dans le coeur de ceux qui ont mécru la terreur. Frappez sur les cous et frappez-en chaque doigt».*** ﴿ (S. 8, V. 12)

Ibn Jarir At-tabari rapporte que selon Ali Ibn Abi Talib (que Dieu soit satisfait de lui), «*L'Ange Gabriel est descendu avec un millier d'Anges à la droite du Messager de Dieu (que la Bénédiction et le Salut de Dieu soient sur lui) alors que s'y trouvait Abi Bakr, et l'Ange Mikaël est descendu sur la gauche du Prophète (que la Bénédiction et le Salut de Dieu soient sur lui) avec un millier d'Anges alors que j'étais à sa gauche.»*

Boukhari rapporte dans son Sahih que l'Ange Gabriel est descendu auprès du Prophète (que la Bénédiction et le Salut de Dieu soient sur lui) pour lui demander: «*Comment considérez-vous les gens de badr, parmi vous ? - Parmi les meilleurs», répondit le Messager de Dieu.*

- Il en est de même pour les Anges, affirma l'Ange Gabriel.»

Le Messager de Dieu avait par ailleurs dit, le jour de la bataille de badr : «*Voici l'Ange Gabriel sur son cheval armé pour la bataille.»*

LA BATAILLE DU FOSSE

Dieu (qu'Il soit magnifié) dit : ﴾ ***Ô vous qui avez cru! Rappelez-vous le bienfait de Dieu à votre égard quand il vous est venu des troupes*** (ennemies) ***et que Nous lâchâmes sur elles un vent et des armées que vous ne voyiez point. Dieu voit très bien ce que vous faites.*** ﴿ (S. 33, V. 9)

LA BATAILLE DE HOUNEÏN

Dieu dit a ce sujet : ﴿ ***Dieu vous a effectivement donné la victoire dans plusieurs endroits et le jour de Houneïn où votre grand nombre vous emplit d'orgueil sans vous avoir pourtant servi à rien. La terre, malgré toute son étendue, vous devint bien étroite; d'ailleurs vous vous êtes retirés en battant retraite - Puis Dieu fit descendre Sa sérénité sur Son Messager et sur les Croyants, et des armées que vous ne voyiez point et soumit aux tourments ceux qui avaient mécru. C'est là la récompense des Mécréants.*** ﴾ (S. 33, V. 9)

Il est à noter que les Anges se rangent, au Jour du Jugement Dernier, afin d'être témoins et de conduire les gens vers le Paradis ou l'Enfer, selon leur mérite.

LES ANGES ET LES MECREANTS

Chaque fois que Dieu envoie un Messager à un peuple, on s'empresse généralement de le traiter de menteur ou bien on cherche à le tuer. L'exemple de loth avec son peuple en est un exemple éloquent.

A ce propos, Ibn Kathir rapporte que Moujahid a dit : «*L'Ange Gabriel a pris le peuple de Loth depuis leurs préoccupations ou de leurs maisons et les a transportés, avec leurs animaux et leurs bagages jusqu'au ciel, à tel point que les habitants des cieux ont pu entendre les aboiements de leurs chiens, puis il les a lâchés dans le vide. Leur transport s'effectua sur son aile droite.*»

Dieu dit : ﴾ ***Et lorsque Notre arrêt vint à terme, Nous la mîmes sens dessus dessous et fîmes pleuvoir sur elle des pierres de terre cuite se succédant à un rythme serré.***

- Elles portent une marque particulière connue de ton Seigneur et elles ne sont pas loin des injustes. ﴿ (S. 11, V. 82-83)

Après cela, Dieu nous a informés que les Anges maudissent les mécréants, comme le précise le verset:

﴿ ***Ceux qui ont renié et sont morts dans leur négation ont sur eux la malédiction de Dieu, des Anges et de l'Humanité tout entière.*** ﴾ (S. 2, V. 161)

LES ANGES A LA MORT DES MECREANTS

Dieu Le Très-Haut dit: ﴿***Ceux dont les Anges reprennent l'âme alors qu'ils sont en état d'injustice avec eux-mêmes, ils se soumirent alors bien humblement et dirent : «Nous ne faisons aucun mal.» Oh que si ! Dieu est parfaitement au courant de ce que vous faisiez.***﴾ (S. 16, V. 28)

Il est aussi dit dans le Coran: ﴿***Si tu voyais au moment où les Anges retirent l'âme à ceux qui ont mécru. Ils les frappent sur le visage et sur le derrière : «Goûtez donc au supplice des brûlures ! Et ce pour ce que vos mains ont fait par le passé et certainement Dieu n'a pas coutume d'être injuste avec les serviteurs.»***﴾ (S. 8, V. 50-51)

De même: ﴿***... Si tu voyais lorsque les Injustes sont dans les affres de la mort et que les Anges, étendant les bras disent : «Sortez-vous donc! Aujourd'hui vous êtes récompensés par le supplice de l'humiliation pour ce que vous disiez sur Dieu d'autre que la vérité et parce que vous vous détourniez orgueilleusement de Ses signes.***﴾ (S. 6, V. 93)

Dieu dit également au sujet de la malédiction qui pèse sur les mécréants : ﴿ ***Comment Dieu guide-t-Il sur le droit chemin un peuple qui a renié après avoir cru, après avoir attesté que le Messager était authentique et reçu les preuves évidentes? Dieu ne guide pas la gent impure.***

- Ceux-là, leur récompense sera qu'ils auront sur eux la malédiction de Dieu, des Anges et des Humains tous ensemble. ﴾ (S. 3, V. 86-87)

Pour conclure nous nous devons de souligner que les Juifs et les Chrétiens ont une représentation des Anges très différente de celle des Musulmans.

Rédaction achevée avec
L'aide de Dieu et par la grâce
De Dieu Maître de l'Univers
Fdal HAJA EL FIGUIGUI
Paris le 05 juillet 1989
16 Doul Qaada 1409

TABLE DES MATIÈRES

INTRODUCTION 5

LES ANGES SONT LA PLUS GRANDE COHORTE DE DIEU 9

NÉCESSITÉ DE CROIRE A L'EXISTENCE DES ANGES 12

DE QUOI SONT FAITS LES ANGES 17

CARACTÉRISTIQUES DES ANGES 20

QUALITÉS MORALES DES ANGES 22

CAPACITÉ DES ANGES DE SE MÉTAMORPHOSER 24

LES ANGES LES PLUS CELEBRES 28

LE SEXE DES ANGES 34

LES ANGES NE MANGENT NI NE DORMENT 36

LA HIÉRARCHIE DES ANGES ET LEURS ACTIONS 38

LES GARDIENS DE L'ENFER 41

COMMENT LES ANGES ADORENT DIEU 42

COMMENT LES ANGES S'ACQUITTENT
DE L'OFFICE 44

ADAM ET LES ANGES 47

PRESENCE DES ANGES A
LA MORT D'ADAM 51

LES ANGES ET LES PROPHETES 52

LES ANGES ET LES ETRES HUMAINS 53

LES ANGES COMME TRANSMETTEURS
DE LA REVELATION 54

LES ANGES ET LE MESSAGER DE DIEU
MOHAMMED ﷺ 56

LA PRESENCE CONSTANTE DES ANGES
AUX COTES DES ÊTRES HUMAINS 59

LES ANGES ENREGISTREURS 60

LES ANGES COMPAGNONS
DES ETRES HUMAINS 64

LES ANGES ET LES CROYANTS 65

LES ANGES ET CEUX QUI
INVOQUENT DIEU 69

LES ANGES PRIENT POUR CEUX QUI PRIENT POUR LE PROPHETE ﷺ 71

CEUX QUI SE RENDENT A LA MOSQUEES POUR ACCOMPLIR L'OFFICE 72

A PROPOS DU FAIT DE SE RENDRE TOT A LA MOSQUEE POUR L'OFFICE DU VENDREDI 74

L'ASSURANCE PAR LES ANGES 75

LES ANGES CHARGES DE REPRENDRE L'AME 77

LES ANGES COMBATTENT AUX COTES DU PROPHETE ﷺ ET DES CROYANTS 79

LA GRANDE BATAILLE DE BADR 80

LA BATAILLE DU FOSSE 82

LA BATAILLE DE HOUNEÏN 83

LES ANGES ET LES MECREANTS 84

LES ANGES A LA MORT DES MECREANTS 86

Chez le même éditeur

Le Paradis
Ibn Qayyim Al-Jawzyya

Les Vertus de l'Invocation de la grâce sur le Prophète ﷺ
Ibn Qayyim Al-Jawzyya

L'Accueil du Nouveau-Né
Ibn Qayyim Al-Jawzyya

Les Sentiers des Itinérants
Ibn Qayyim Al-Jawzyya

La Vie des Prophètes
Abou Al Hassan An-Nadawi

Mohamed Messager de Dieu ﷺ
Abou Al Hassan An-Nadawi

Foi et règles de conduite des vertueux
Abou Al Hassan An-Nadawi

Le Guide de la Femme Musulmane
Fdal Haja

La Mort et le Jugement Dernier
Fdal Haja

Les Anges
Fdal Haja

Guide du Jeune Musulman Piliers de l'Islam
Fdal Haja

La Mort du Messager Mohamed ﷺ
Fdal Haja

Khadija Epouse du Prophète Mohamed ﷺ
Fdal Haja

Les filles du Prophète Mohammad ﷺ
Fdal Haja

La Vie des Sahabiyat au temps du Prophète ﷺ
Fdal Haja

Les épouses des Prophètes
Fdal Haja

La Salat (la prière)
Fdal Haja

La Morale du Prophète de l'Islam
Al-Tirmidhî

Les 1000 questions sur les pratiques religieuses en Islam
Y. Bedioui

Le livre de la sincérité
Abou Saïd Al Kharraz

Les nobles vertus dans le Coran
A. Azzam

Les devoirs du croyant envers le Créateur et les créatures
Abou Oussama Mas'oud Ibn Zakri

Réflexions sur la création de l'homme
Tahar Gaïd

Le Saint Coran (Hizb Amma et Sabbih) avec phonétique (format poche)
Universel

Le Saint Coran (Hizb Amma et Sabbih) avec phonétique (grand format)
Universel

Le chemin du Paradis
Abou Hamid Al-Ghazali

La Rissala
Ibn Abi Zaïd Al-Quayrawani

Ach-Chifâ'
Al-Qadi Iyad

Ryad Assalihine
An-Nawawi

Les quarante hadiths (format poche)
An-Nawawi

As-Sira, la biographie du Prophète ﷺ
Ismaïl Ibn Kathir

La citadelle du musulman
Saïd Al-Qahtani

La citadelle du musulman (avec commentaire)
Saïd Al-Qahtani

Recommandations du Prophète ﷺ
Hamza 'Adjâdj

L'histroire des quatre califes
Jalâl Eddîne As-Souyoûtî

Sourate Yâ-Sîn, ses mérites et son commentaire
Jalâl Eddîne As-Souyoûtî

Comprendre le Coran aujourd'hui
Mohamed al-Ghazâli

Comprendre et corriger la Salat
Chaker Ben Belkacem Ar-Raouafi

Dictionnaire de l'interprétation des rêves
Ibn Sîrîne et An-Naboulsî

Achevé d'imprimer sur les presses de *Grafo,* Espagne
Production editorial: atelieredition@yahoo.es
Dépôt légal: septembre 2007